PETITS

POÈMES ET ODES

PAR

ESPÉRANCE PICARD.

PARIS,

CHEZ L'AUTEUR, RUE MAYET, 29.

—

1855

PETITS

POÈMES ET ODES

PAR

ESPÉRANCE PICARD.

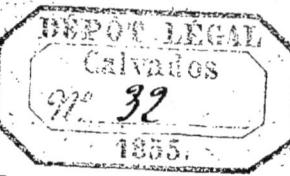

ANGELA.

« A moi les fiers barons qui défendent mes lys !
« A moi mes chevaliers, tous mes preux, tous mes fils,
« S'est écrié Louis ; et, remplis de sa flamme,
« Les preux, que sous ses plis accueille l'oriflamme,
« Vont, tournant vers Sion leurs pas obéissants,
« Eteindre dans son temple un adultère encens.
« Ils vont, aux vœux chrétiens rouvrant la cité sainte,
« D'un culte usurpateur nettoyer son enceinte.
« Mon coursier ! mon écu! ma lance, et, sur leurs pas,
« Soldat de Dieu, je vole à ces sacrés combats ! »
—Changeant en longs soucis mon bonheur éphémère,
« Veux–tu de ton enfant abandonner la mère ?
« Pour ton cœur de la mort, de Bellone amoureux,
« Notre lit est-il veuf d'attraits voluptueux ?
« Faut-il au lieu des fleurs, nuptial diadème,
« Que sur mon front, hier, posait celui que j'aime,
« Ceindre un rameau funèbre et m'abreuver de fiel,
« Dans l'or où les Plaisirs m'avaient promis leur miel?
« Vois, d'un effort complice, et la lèpre ennemie,
« Et le fer et la faim se disputer ta vie !
« Vois gémir de ta mort ton épouse, et le deuil
« Prompt à la revêtir d'un précoce linceuil !
« Vois ta fille ici bas solitaire et penchée
« Sur le marbre funèbre, où sa mère est couchée,

1

« Et de son père, au loin frappé d'un fer cruel,
« Cherchant en vain la cendre au tombeau maternel ;
« Vierge triste et de qui le front rêveur oublie
« Les roses que lui doit le matin de la vie ;
« Solitaire liane à qui manque en naissant
« D'un rameau paternel l'appui compatissant. »
— « Quand Louis, conviant ses preux à la victoire,
« De Sion, avec eux, veut rallumer la gloire,
« Et dit : Dieu par ma voix vous appelle aux combats,
« Dois-je au roi, dois-je à Dieu dénier seul mon bras ?
« Dois-tu, lorsque pour eux tout chrétien prend les armes,
« Aux exploits d'un époux t'opposer par des larmes ;
« Et le lâche, fuyant de glorieux travaux,
« Aurait-il à tes yeux plus d'attraits qu'un héros ? »
Et déjà le guerrier revêtant son armure,
A sous un casque d'or caché sa chevelure.
Il agite un drapeau décoré de la croix ;
La croix sainte orne encor l'airain de son pavois ;
Comme un feu dévorant son épée étincelle,
Du tombeau du Seigneur avide sentinelle ;
Et du pied son coursier frappe le sol et mord
Le frein lent à céder la plaine à son essor.
Au départ de l'ingrat en vain l'amante oppose
Et les baisers donnés par ses lèvres de rose,
Et des nœuds de ses bras le tendre obstacle ; en vain
Sa fille du coursier veut retenir le frein,
Et de ces mots naïfs, doux piége au cœur d'un père,
Joint l'effort suppliant aux efforts de sa mère,
Le guerrier, comme un roc aux faibles flots des mers,
Résiste à leurs adieux pleins de sanglots amers ;
Et dérobant sa main à leurs larmes, s'élance
Vers les bords, où d'un Dieu l'injure attend sa lance.
Angela de ses yeux le suit encor longtemps,
Et, ne le voyant plus, naît à ses longs tourments.
Sans lui rien d'attrayant ne rit dans la nature ;
Ces jardins, avec lui si beaux de leur parure,
Ont cessé de flatter des yeux voilés de pleurs ;
Des roses son départ a fané les couleurs.
Comme une vigne en fleurs qui rampe desséchée,
Par les autans jaloux de l'orme détachée,

Ravie au doux amant, sa joie et son appui,
Elle est faible à porter le poids de son ennui.
Aux nocturnes baisers, miel tari pour sa bouche,
L'amante rêve et fuit le désert de sa couche ;
Des bosquets embaumés, où de si tendres lacs
Pressaient sa taille, écarte en soupirant ses pas ;
Et détestant les lieux où manque sa présence,
Allumant sa colère à son indifférence,
S'alarmant des périls ligués contre un époux,
Exhale ainsi ses soins, son deuil et son courroux :
« Comme la gloire seule absorbait sa pensée !
« Sa froideur à mes pleurs s'est-elle intéressée ?
« Le cruel, il fuyait, aveugle à ma douleur !
« Son Dieu, son roi jaloux m'effaçaient dans son cœur.
« A peine garde-t-il, inconstant pour la Gloire,
« De sa lointaine épouse une faible mémoire !
« Et moi me voilà morte au bonheur, au repos ;
« Mes jours seront sans joie et mes nuits sans pavots.
« L'Ennui, pâle vautour, va m'étreindre en sa serre ;
« Et déserteurs cruels de mon lit solitaire,
« Les Voluptés, l'Amour, me déniant leur miel,
« Avec leurs coupes d'or vont remonter au ciel.
« Aspirant son retour, ma tendre impatience
« Lentement va compter les jours de son absence ;
« Et jusqu'au doux moment où des sacrés combats,
« Rassasié d'exploits, le rendront à mes bras,
« Méditant ses périls, me nourrissant d'alarmes,
« De ses baisers prochains rêvant parfois les charmes,
« Combien vont m'agiter, m'abuser tour à tour,
« Le souci, l'épouvante et l'espoir et l'amour ! »
Un songe, par la Nuit apporté sur son aile,
Bientôt lui peint Edgard qu'affronte un infidèle ;
Les coursiers, l'œil en feu, se heurtent : sur l'airain
L'acier frappe sans trève, et d'un obstacle vain
Victorieux, partout prodiguant ses morsures,
D'une pourpre sanglante il a teint les armures.
L'arabe enfin, du preux adversaire impuissant,
De son coursier cabré, noir de poudre et de sang
Roule et, sous le fer prêt à l'égorger, implore
La pitié du vainqueur, et le chrétien, encore

De colère enivré, se souvient et le rend
A celle dont l'espoir près d'un berceau l'attend.
Mais dès que le perfide est debout, sa furie
Aux flancs de son sauveur plonge un poignard impie ;
Et pardonnant encore et mourant pour son dieu,
Edgard pour Angèla murmure un doux adieu.

Pâle, Angela se lève et son inquiétude
A d'un spectre effrayant peuplé sa solitude.
La raison, flambeau vain pour chasser ses ennuis,
La laisse dans un rêve, enfant menteur des nuits,
Lire un avis du ciel : le soin rongeur dévore
Le tissu de ses jours, d'un lambeau, chaque aurore,
Plus pauvre ; et de ses maux le baume le plus sûr,
L'être aimé dont l'aspect, avant des cieux d'azur,
Une nuit radieuse, une aube printanière,
Réjouissait ses yeux, sa fille la première
De ses félicités, en des jours florisants,
A contre sa langueur des baisers impuissants.

L'herbe a fleuri deux fois et de l'acier perfide
Toujours devant ses yeux luit l'éclair homicide ;
Et le doux sommeil fuit sa couche, et dans son cœur
Veillent incessamment l'angoisse et la terreur ;
Et comme un ciel en deuil, dont l'essaim des étoiles
De nul feu consolant n'a parsemé les voiles,
Ni son trouble incertain, ni son cruel souci,
Par un message heureux n'est encore éclairci,
Quand un soir, au détour du long val où la fuite
Aux yeux qui le suivaient ravit l'ingrat si vîte,
Apparaît, à travers un poudreux tourbillon,
Un noir coursier qu'un preux presse de l'aiguillon.
« Grands Dieux ! c'est mon Edgard ! » et, d'espoir palpitante,
Elle a couru, volé, comme vole une amante
Qui va revoir encore et serrer dans ses bras
L'amant, dont son erreur déplorait le trépas.....
Le guerrier de son casque élève la visière,
Et perdant de son cœur l'illusion dernière,
Renaissant à ses soins, à son mortel ennui,
Elle penche un front morne et dit : « Ce n'est pas lui ! »

L'étranger lui remet, messager trop fidèle,
Le nuptial anneau, legs d'un mourant pour elle ;
Et ce funèbre gage, où se lit son malheur,
Fait tomber Angela sans force et sans couleur.
De ses traits enflammés, moins ardent le tonnerre
Abat un frais arbuste, ornement de la terre ;
Moins rapide, le plomb précipite des cieux
L'oiseau qui n'aura plus de chants mélodieux.
Enfin, au jour encore entr'ouvrant sa paupière :
« Cher époux, ta valeur fut sourde à ma prière ;
« Le danger te tenta ; comme tous les mortels,
« Tu te laissas charmer à ses attraits cruels.
« Le nocher sans pâlir court sur la mer immense ;
« Toi, tu saisis joyeux le haubert et la lance !
« Pour payer de ton sang des lauriers incertains,
« Dont l'ange des combats, sur des sables lointains,
« Couronnait ton espoir, tu délaissas la terre
« Où languissait d'amour ton épouse, où ta mère,
« Avec un doux orgueil, balança ton berceau,
« Où de tes lys absents se plaindra son tombeau.
« Tu pleuras le foyer qu'entoure la famille,
« Et, trop vîte sevré des baisers de ta fille,
« Tu la vis peu te rire, et d'un fardeau si doux
« Tu n'as que peu de fois réjoui tes genoux,
« Et, peu d'aubes, elle a de guirlandes fleuries
« Dépouillé pour ton front le front vert des prairies.
« D'une aile agile ont fui, devant les soins vainqueurs,
« Les Jeux qui la voulaient convier à leurs chœurs,
« Et bientôt s'envola, des rêves d'or suivie,
« L'Espérance infidèle au matin de sa vie.
« Court, son jour de bonheur n'eut pas de lendemain,
« Et de ronces le Deuil hérissa le chemin
« Qu'elle aurait dû fouler jonché de molles roses,
« Au souffle caressant de ton amour écloses.
« Veuve, avant son trépas, du maître de mon cœur,
« Moi j'ai dans les ennuis séché, comme la fleur
« Que ronge un ver cruel, l'herbe que dans la plaine
« Un homicide vent toucha de son haleine.
« Dans ses calices d'or, l'hymen, à tes côtés,
« Me fit goûter à peine au vin des voluptés :

« Je fus par un époux et le bonheur trahie,
« Et je me traînai seule au désert de la vie ;
« Mais en vain tu brisas les doux nœuds, dont Hymen
« Tressait pour nous les fleurs dans un céleste Éden ;
« Je veux, fuyant aussi cette triste vallée,
« Edgard, aller aux lieux où ton âme est allée,
« Et des félicités, dans les coupes du ciel,
« Savourer avec toi l'intarissable miel. »

Et la veuve retombe évanouie, et d'elle
L'ange de vie encore a retiré son aîle ;
Et sa fille l'embrasse et cherche à rappeler
Son suprême soupir, tout près de s'exhaler.
« O mère, entends mes cris ! c'est ta fille plaintive !
« Vis, ô ma mère, vis ! si tu veux que je vive !
« Sors de ce lourd sommeil, et, les rouvrant au jour,
« Laisse-moi dans tes yeux lire encor ton amour !
« Laisse errer un souris sur ta lèvre glacée !
« Ranime de ton front la couleur effacée !
« Quand mon père est sa proie, ah ! veux-tu qu'aujourd'hui
« La Mort à ma faiblesse ôte un dernier appui ?
« Veux-tu de tes conseils frustrer mon ignorance ?
« Au désert de la vie égarant mon enfance,
« Veux-tu de ta raison lui ravir le flambeau ?
« Veux-tu placer ta tombe auprès de mon berceau ?
« Quelle pitié serait sensible à mes alarmes ?
« Qui voudrait de mon deuil interroger les larmes ?
« Quel ami me viendrait en aide et dans mon cœur
« Verserait d'un doux mot le miel consolateur ?
« Quel érable amoureux, si l'orage la fane,
« Ornera ses rameaux des nœuds de la liane ?
« Passereau de ton aîle abandonné, quel nid,
« Quelle aîle à ma détresse offriront un abri ?
« Ah ! que ta fille soit la guirlande fleurie
« Qui te rattache encore à l'arbre de la vie !
« Pour l'affreux moissonneur tu n'es pas mûre encor ;
« Ne livre point tes jours à la faux de la Mort !
« Achève pour m'aimer ton exil éphémère !
« Une fille est habile à consoler sa mère ;
« Nous mêlerons nos pleurs, et mes soins complaisants

« T'aideront à guérir de tes chagrins cuisants. »
— « Vers les jardins du ciel prête à voler, mon âme
« Va de sa plaie, enfant, y cueillir le dictame.
« Déjà je vois d'un jour et splendide et sans fin
« Poindre l'aube : au milieu d'un lumineux essaim,
« Dieu m'apparaît : je touche à d'éclatantes plages ;
« Edgard me tend les bras de ces divins rivages.
« Enfant, sèche tes pleurs ! jusqu'au matin vermeil,
« Souvent nous descendrons visiter ton sommeil :
« Souvent, de tes parents faisant mentir l'absence,
« Un songe abusera tes yeux de leur présence.
« Sèche tes pleurs ! Mêlée aux astres radieux,
« Si d'un saphir de plus mon âme orne les cieux,
« Ses rayons, chaque soir, d'une molle lumière
« Viendront avec amour caresser ta paupière.
« Sèche tes pleurs ! Aux feux de ces divins climats
« Refleuriront tes jours, fanés par le trépas ;
« Et des anges alors la phalange sacrée
« S'ouvrira pour leur sœur, des lys d'Eden parée ;
« Et rien sous les soleils, dômes de ces palais,
« De nos félicités ne troublera la paix.
« Cependant, au flambeau de la douce Espérance,
« Dans ce vallon d'exil marche avec assurance !
« Tes jours seront gardés par le blond chérubin,
« A qui Dieu sur la terre a commis ton destin :
« Tes soins seront ses soins et ses ailes de flamme
« Porteront vers les cieux les désirs de ton âme.
« Et toi que l'Esprit-Saint fit mère du Sauveur,
« Si pour lui mon Edgard est tombé dans sa fleur,
« De ton pouvoir divin que l'ombre hospitalière
« D'un soldat de la Croix recueille l'héritière !
« Adopte-la pour fille et sois quitte, à ce prix,
« Du sang de mon époux épuisé pour ton fils ! »

Elle expire à ces mots : des cieux l'aimable reine
Doucement de son âme a délié la chaîne ;
Mais sa voix défaillante et ses cris suppliants
N'ont point été perdus, emportés par les vents,
Et ses vœux ont touché celle que sur la terre,
Entre toutes ses sœurs, un Dieu choisit pour mère.

Sur leurs ailes d'azur, les célestes zéphyrs
De tous les cœurs blessés lui portent les soupirs :
Aux mains d'enfants divins l'encensoir se balance,
L'énivrant de parfums d'amour et d'innocence ;
A ses pieds est la Grâce et de la Charité
Le tendre séraphin flamboie à son côté.
Doux refuge où se vont abriter nos alarmes,
Elle fait à son fils l'offrande de nos larmes
Et, d'un souffle puissant, pousse au céleste port
La barque, long jouet des autans et du sort.
Le parant d'un lin blanc, sous son aile la mère
Met l'enfant, pâle fleur qui penche vers la terre
Et vers Marie encor le nocher, suspendu
Sur l'abîme, a tourné son regard éperdu.
Du Seigneur son souris désarme les colères ;
Son oreille est fidèle au cri de nos misères ;
Mais surtout, tant son fils l'émut divin martyr,
Aux soucis maternels elle aime à compatir.
A l'aspect de l'enfant, qu'à l'aube de sa vie
Fuit son dernier appui, la pitié l'a saisie
Et de ce doux soleil sur la fragile fleur
Un rayon est tombé, propice à sa langueur.
Marie a regardé le plus beau des archanges
Et des rangs lumineux des célestes phalanges
S'élançant, l'Espérance a de ses ailes d'or
Sur l'orpheline en pleurs fixé bientôt l'essor.

L'enfant, lys innocent courbé par la tempête,
Sous un souffle divin a relevé sa tête ;
Sur son cœur, déchiré par un chagrin cruel,
Il semble qu'un doux baume ait découlé du ciel.
« Mère aimable, trésor de grâce et de clémence,
« Port de salut ouvert à la faible innocence,
« Rose mystérieuse, étoile du matin
« Qui guides sur les eaux le nocher incertain,
« Rassure mon effroi ! laisse contre l'orage
« Ta pitié lui prêter un tutélaire ombrage !
« Préserve des écueils, qui hérissent ces mers,
« Mon esquif au départ battu des flots amers !
« Sous ton dais de soleils, vers le trône où des a

« Des ardents séraphins te gardent les phalanges,
« Laisse monter ma mère et d'une faible enfant,
« Sous l'ongle du malheur passereau palpitant,
« Secourez la misère ! à ses ailes timides
« Epargnez les autours', les vents, les rets perfides ! »
  Tels ses vœux ont gémi doux aux échos divins,
Comme l'accord tombé d'un luth des séraphins,
Et les blonds chérubins en pleurant vers leur reine
Ont porté sa prière et, libre de sa chaîne,
L'âme d'Angela suit un sentier radieux
Et l'orpheline aura deux mères dans les cieux.

IMITATION DE L'ANTHOLOGIE LATINE.

Enfant beau de sa grâce, abandonne à ta mère
Cet œil ouvert encore aux doux rayons du jour.
Ainsi vous deviendrez, de Gnide et de Cythère
Elle l'aimable reine, et toi l'aveugle amour.

DE MONTYON.

Honneur au chantre dont l'audace,
Dans les espaces radieux,
De l'aigle thébain suit la trace
Et ravit le tonnerre aux dieux !
Répété sur toutes les pages,
Son nom, dans le livre des âges,
Rayonne d'un or immortel ;
L'avenir est plein de sa gloire
Et les peuples dans leur mémoire
Ont ses chants, inspirés du ciel.

Honneur au fils qui sur la plage,
Où dort la cendre des aïeux,
N'a point d'un conquérant sauvage
Souffert les pas injurieux !
Au héros dont l'idolâtrie
La voulut libre, la patrie
Erige un marbre solennel ;
Sur l'airain sa gloire est frappée
Et de sa fastueuse épée
Le luxe est un don fraternel.

Honneur à l'homme qui d'un frère
Empressé de sécher les pleurs,
A des secours pour sa misère
Et des baumes pour ses douleurs !
Bientôt, sur des ailes de flamme,
Des célestes parvis son âme
Franchira le seuil glorieux,
Et se mêlant aux chœurs des anges,
A jamais dira les louanges
Du roi, dont le trône est aux cieux.

Mais surtout hommage unanime,
Gloire, amour au soleil vivant
Qui d'un rayon puissant ranime
L'hiver délaissé du savant ;
Qui, par delà son existence,
Des arts souffrants la providence,
Des vertus le provocateur,
Lègue aux dévoûments héroïques,
Aux victoires philanthropiques,
Un laurier rémunérateur !

Dieu du pauvre, il est ton image ;
L'arbre immortel de sa bonté
Se pare et de fruits et d'ombrage
Fidèles à l'adversité ;
D'un rameau d'or il récompense
L'indigence avec l'indigence

Partageant son orge et son sel,
Et ses palmes ornent la lyre
Qui par ses doux chants nous attire
Dans les âpres chemins du ciel.

O Montyon, telle est ta gloire;
Tels sont, ô héros bienfaisant,
Les doux lauriers dont ta mémoire
Ceint le diadême innocent !
L'Océan turbulent des âges
Enchaîne pour toi ses orages
Et dans les champs de l'avenir,
Avec tes vertus pour égide,
Ton nom croît, comme un lys splendide
Qu'aucun souffle ne peut ternir.

Ainsi qu'un fleuve, de son onde
Prodiguant partout les trésors,
Ranime à son urne féconde
Les lys qui séchaient sur ses bords;
Ainsi, dans une âme en détresse
Que rongeaient les soins, la tristesse,
Ton or fait refleurir la paix ;
Il est la manne de la veuve,
Et, pauvre, la vertu s'abreuve
A la source de tes bienfaits.

Au monstre qu'un fils d'Esculape
Marche, athlète intrépide et fort,
Et que, par lui, sa proie échappe
A l'ongle étonné de la Mort;
Tu voudras qu'un laurier décore
Ce dieu qui venu d'Epidaure
Au secours de nos maux cruels,
Redonne à l'enfant une mère,
Et d'une fille, fleur si chère,
Orne encor les jours paternels.

Aussi le blond dieu de Patare
Va, par les mains de ses élus,

Ceindre d'un laurier la cithare
Qui le mieux dira tes vertus.
Pour que tu vives d'âge en âge,
Le poëtique Aréopage,
Distributeur de tes rameaux,
Veut, de ceux qui touchent la lyre,
Des chants, dont l'airain, le porphyre,
Soient les peu durables rivaux.

Vous, que la muse à votre aurore
Visita, vous, ses nourrissons ;
Vous que déjà son feu dévore,
Méditez d'ineffables sons !
La palme au vainqueur est offerte ;
Descendez dans la lice ouverte
A vos efforts mélodieux,
Et d'accords divins, dont la Grâce
Tempère la sublime audace,
Enivrez la terre et les cieux.

Pour moi, débile et vain athlète,
Aux derniers combats d'Apollon,
Soldat flétri par la défaite,
Paria du sacré Vallon,
Je n'ai pour chanter ses louanges,
Pour lutter contre vos phalanges,
Qu'un sistre à la Gloire inconnu ;
Mais ma muse de sa guirlande
Aura suspendu l'humble offrande
Sur les autels de la Vertu.

ABDICATION DE CHARLES QUINT.

> Et monté sur le faîte il aspire à descendre.
>
> CORNEILLE.

Charles qui, de splendeur inonda l'Ibérie,
Charles que couronna la Victoire à Pavie,

De son génie usé sent pâlir le flambeau
Et de sa gloire est faible à porter le fardeau.
Le sceptre impérial pèse à sa main tremblante,
Et ce roi devant qui, muette d'épouvante,
La terre s'inclinait, saluant son vainqueur,
A lassé la fortune et connaît le malheur.
Ce n'est plus le geôlier, dont la parole amère
De son royal captif insulte la misère ;
Ce n'est plus de Mulei le puissant protecteur
Qui renvoie au Sultan la honte et la terreur,
Le vieux roi de ce Charle est à peine un fantôme
Et son glaive émoussé garde mal son royaume.
Descendu de sa gloire et par Bellone usé,
Sous sa triple couronne il gémit écrasé,
Et, survivant au roi, veut entendre l'histoire,
Juger en liberté son règne et sa mémoire.

Plein du projet qui va, le sauvant des revers,
Faire encor de son nom retentir l'univers,
Il appelle à Bruxelle, où siège sa puissance,
Les souverains admis à sa vaste alliance,
Devant les rois sujets, qui tremblent sous ses lois,
Prêt à se dépouiller de la pourpre des rois.

Déjà luit la journée, en surprises féconde,
Qui change les destins de l'Europe et du monde.
Un dais couvre déjà, flamboyant de rubis,
La reine de Hongrie et la reine des lys ;
Edouard, fier de voir l'univers tributaire
Des ateliers savants de l'active Angleterre ;
Emmanuel brillant, dans cet essaim royal,
De l'or audacieux de son manteau ducal,
Et Maximilien, de qui le diadème
Resplendit d'un éclat si cher à la Bohême.

Charles monte et s'assied sur un trône orgueilleux,
De ces trônes vassaux dominateur pompeux ;
A ses pieds sont les preux, cette élite intrépide,
Rempart de sa puissance et sa plus sûre égide ;
Les magistrats vêtus de l'hermine des rois,

2

Indépendants du prince et ministres des lois,
Et des barons, des ducs la foule étincelante,
Parure de sa Cour et sa splendeur vivante.

De ce troupeau de rois Charles monarque encor,
Pour imposer silence, étend son sceptre d'or.
A ce signe aussitôt la royale assemblée
Baisse un front attentif, d'un saint respect troublée.
Le monarque se lève et sur les assistants
Promène de ses yeux les feux éblouissants.
Puis, de son grand dessein, sa superbe éloquence
Instruit par ce discours leur avide silence :
« Amis, soutiens d'un roi que l'ange des combats
« Vers de nombreux succès a conduit sur vos pas,
« Charle aujourd'hui n'est plus l'élu de la Victoire ;
« Charles de vous guider doit abdiquer la gloire.
« Tant que jaillit sur vous l'éclat de mes exploits,
« Nobles vassaux, je pus vous courber sous mes lois ;
« Mais puisque la Victoire, à nos drapeaux rebelle,
« A chez nos ennemis fui, transfuge infidèle,
« Je ne veux point, sur vous jettant d'ignobles fers,
« Vous enchaîner flétris au char de mes revers.
« Je remets en des mains qui, vengeant ma mémoire,
« Rallumeront sur vous le soleil de ma gloire,
« Un sceptre, dont le poids fait mentir mes vieux ans,
« Et ce glaive qui pèse à mes bras languissans.
« Ce héros, dont le front doit porter ma couronne,
« Est assis parmi vous ; votre amour l'environne.
« Philippe, saluez vos enfants, vos sujets !
« Peuples, d'un nouveau prince acceptez les décrets ! »

Il dit : sous les parvis frémit, roule un murmure,
De faveur pour Philippe heureux et doux augure ;
Mais la douleur bientôt se ressaisit des cœurs,
Et l'espoir dans les yeux brille au milieu des pleurs.
Aux mains du prince, orné d'une pourpre nouvelle,
Leurs vœux ont rallumé la foudre paternelle ;
Mais pour Charle ont coulé les larmes des regrets,
Incorruptible éloge et prix de ses bienfaits.
Charle a compté ces pleurs et son âme enivrée

Prévoit de longs respects sa mémoire entourée.
Sa voix tremble attendrie et poursuit en ces mots :
« Peut-être votre estime est due à mes travaux ;
« Peut-être dans l'histoire et l'Afrique et Pavie
« Assurent à mon nom une immortelle vie ;
« Peut-être, avec orgueil, vous avez en tous lieux
« Vu flotter les drapeaux d'un roi victorieux
« Et des brillants lauriers, qui payaient ses conquêtes,
« Ceint fièrement la part qu'il laissait à vos têtes.
« Mais vos pleurs vantent trop mes exploits, et mon cœur
« Ne peut à ce salaire égaler leur valeur.
« Puissent après un règne, adopté de la Gloire,
« Ces regrets de mon fils couronner la mémoire !
« Puisse-t-il des travaux, pour son peuple entrepris,
« Dans des transports si doux trouver un si doux prix !
« Puisse-t-il, de vertus modèle héréditaire,
« Croître l'espoir du monde et l'orgueil de son père
« Et savoir qu'un tyran, à son peuple odieux,
« Passe inquiet sur terre et se ferme les cieux.
« Un tyran ! la Terreur, spectre pâle et farouche,
« S'assied à ses banquets, le poursuit dans sa couche.
« Un tyran ! le Remords, serpent mystérieux,
« Perce son cœur d'airain d'un dard victorieux ;
« La nuit peuple son toit de larves effrayantes,
« Sur les murs le menace en lettres flamboyantes,
« Et, de l'aurore au soir, son anxieux regard
« Croit sous chaque manteau découvrir un poignard.
« Mais arrière ces soins et ces tristes images !
« Puisse d'un règne heureux rien ne souiller les pages !
« Approche, de ma gloire immortel héritier !
« Fais-moi pour tes sujets revivre tout entier !
« Par le sceptre, commis à ta jeune prudence,
« Jure sur leur amour d'établir ta puissance !
« De l'astre paternel surpasse la hauteur !
« Dans un fils il est doux d'applaudir son vainqueur.
« Prince heureux ! Charles vit et tes mains souveraines
« Du char impérial vont diriger les rênes.
« Plus que moi je te crois propre au bandeau des rois ;
« Réponds à mon estime et mérite mon choix !
« D'un si merveilleux don pour payer l'opulence,

« Aux regrets de mon peuple impose un long silence
« De son éclat futur présage radieux ,
« Si déjà ta valeur n'eût brillé sous mes yeux ,
« Je régnerais encor : ma force consumée
« Au feu de tant d'amour se serait ranimée
« Et mon génie encor , vainqueur de nos revers ,
« Eût d'un sublime adieu salué l'univers.
« Mais de lauriers vengeurs Philippe insatiable
« Apparaîtra , d'un père image redoutable.
« Devant son seul aspect , à flots précipités ,
« Les ennemis fuiront, d'un Charle épouvantés ,
« Et mes peuples croiront , rendus à la victoire ,
« Voir refleurir mon règne et renaître ma gloire. »

Il dit, et l'on admire un si splendide don,
Et d'un si grand pouvoir ce facile abandon.
D'un avide regard on contemple , on dévore
Ce fils qu'un roi vivant de sa pourpre décore.
Philippe par la joie et la crainte agité ,
S'avance avec une humble et timide fierté ;
Il voit avec transport un si glorieux père ,
L'honorant d'une estime à son orgueil si chère ,
De son sceptre payer l'espoir de ses exploits.
Plein des hauts faits d'un roi qui régna sur les rois ,
Il craint de ne pouvoir, rejeton infidèle,
Suivre d'un vol rival la trace paternelle.
Cependant, il s'approche, et, fils respectueux,
Courbe devant son père un front majestueux.
De ses cheveux blanchis Charle ôte sa couronne,
Que depuis trente hivers tant de lustre environne,
Et, du bandeau royal précoce possesseur,
De ses dégoûts Philippe hérite sa grandeur.

LES GRANDS HOMMES DE LA GRÈCE.

Salut, terre en chantres féconde,
Féconde en beautés, en héros !

Laisse ma muse vagabonde
Se jouer parmi les tombeaux,
De la rose, en tes champs fleurie,
Décorer l'urne d'Aspasie,
De lys le marbre de Platon,
Et des rameaux, doux à Bellone,
Tresser une verte couronne
Pour le vainqueur de Marathon.

Héros, que tourmentait sa gloire,
Dors en paix ! Pour ton front guerrier,
A Salamine, la Victoire
Cueille un aussi fameux laurier.
Et toi qui, pour sauver la Grèce,
A la mort, brillants d'allégresse,
Guidais tes trois cents compagnons,
Crains-tu que mon luth les oublie,
Quand l'écho de la Thessalie
Retentit encor de vos noms ?

L'aigle Thébain, dans son audace,
Pourrait seul, au plus haut des cieux,
D'un vol rival suivre la trace
De ce cygne admiré des Dieux,
Qui d'une ineffable harmonie
Charmant les échos d'Aonie,
Dit la ceinture de Cypris,
Achille, insensé de colère,
Hécube, inconsolable mère,
Hélène, Andromaque et Pâris.

Mais quel poëte d'une reine,
Dont la joie a quitté le seuil,
En vers si touchants, sur la scène,
Fait parler et gémir le deuil ?
C'est toi, pur et tendre Euripide,
Dont la muse d'un trait rapide
Est habile à blesser les cœurs,
Quand sa rivale plus hardie,

Fait de la sombre tragédie
Tonner les sublimes fureurs.

De son ris bruyant la Folie
Fait aussi retentir ces bords ;
C'est vous, rivaux chers à Thalie,
Qui causez ces joyeux transports.
Taillés par l'esprit, la malice,
Vos crayons ont de plus d'un vice
Gaîment retracé les portraits ;
Momus vous remit sa férule
Et quel travers, quel ridicule
Echappa vivant à vos traits ?

Toi dont le luth pour un volage
Soupire en vain de tendres airs,
Ne jette point de ton bel âge
La fleur à l'abime des mers !
De ton Phaon moins idolâtre,
Avec l'amour joue et folâtre,
Pareille au vieillard de Théos !
Couronné de myrte et de roses,
Des chansons du Chiros écloses,
Entends-le charmer les échos.

Et toi dont l'équité sévère
Du Vice importunait les yeux,
Et que d'une cité légère
Bannit le caprice oublieux ;
Dans Phocion, sage Aristide,
Renais et d'un lustre splendide
Qu'entourant son nom et ton nom,
Clio les ait, sur ses portiques,
Inscrits en lettres magnifiques
Par Thucydide et Xénophon.

Mêlant les lauriers de la Gloire
Aux myrthes de la Volupté,
Alcibiade à la Victoire
Est chère autant qu'à la beauté.

Mais, de colombes entourée,
Qui fend des bras l'onde azurée ?
Apelles, saisis tes pinceaux !
Fais à ton ciseau, Praxitèle,
Obéir le marbre rebelle !
Vénus ou Phryné sort des flots.

O Socrate, un bourreau timide
Te tend le breuvage assassin,
Et ta lèvre s'y porte avide
Comme à l'or, où fume un doux vin.
Myrto, Phédon versent des larmes ;
Toi, parmi leurs tendres alarmes,
Radieux de sérénité,
Tu souris : une aveugle rage
Te pousse au lumineux rivage,
Où t'attend l'immortalité.

A la Mort, affreux Minotaure,
Toi qui disputes des humains,
Le sceptre du dieu d'Epidaure
A passé dans tes doctes mains.
Règne avec lui, génie immense,
Toi pour qui l'arbre de science
N'avait point de fruits inconnus,
Toi précepteur vain d'Alexandre,
Que d'un monde a souillé la cendre,
Qu'a souillé le sang de Clitus.

La parole de Démosthènes
Tonne, et contre un roi conquérant
L'insoucieux peuple d'Athènes
Roule, emporté par ce torrent.
Aux foudres de son éloquence,
De l'amour de l'indépendance
Se rallume le feu sacré ;
Et la Grèce aux combats s'apprête
Et ne veut plus tendre sa tête,
Philippe, à ton joug exécré.

Combien, dans leur lit funéraire,
Dorment de sages, de héros !
L'olivier, gardien cinéraire,
Sur Lycurgue étend ses rameaux ;
Sous de frais dômes de verdure,
Voluptueuse ombre, Epicure
Vole encor, quand le jour pâlit ;
Et de Leuctres l'illustre père
De sa fille, à Thèbes si chère,
Sous un laurier s'énorgueillit.

Philosophe au front toujours sombre,
Qui des douleurs faisais tes sœurs,
De son feuillage sur ton ombre
Un pâle saule épand les pleurs.
Sous l'odorant toît qui l'ombrage,
Rit Démocrite, aimable sage,
Et de ses présents bocagers
La vierge, lys de la vallée,
Embaume le vert mausolée,
Où dort le chantre des bergers.

Toi qui vis croître, heureuse mère,
Tant de Mars et tant d'Apollons,
Grèce encor, redeviens la terre
Des Eschyles et des Cimons !
De son luth, vainqueur des alarmes,
Qu'un vieux Tyrtée appelle aux armes
Tes fils, dédaigneux du trépas !
Puisses-tu, secouant tes chaînes,
Voir enfin dans tes libres plaines
Triompher un Pélopidas !

Et moi, sur mon sistre fidèle,
Je dirai tes nouveaux guerriers,
Et de la grandeur paternelle
Les fils immortels héritiers.
Je dirai leur glaive héroïque
Rehaussant ta splendeur antique

De l'éclat des exploits nouveaux ;
Et de deux couronnes la Gloire
Sur ton front, cher à sa mémoire,
Enlaçant les lauriers rivaux.

LÉONIDAS.

Xercès veut châtier les vainqueurs de son père ;
Il veut, les dévorant du feu de sa colère,
Et de leur gloire éteinte et de leurs champs en deuil,
Réjouir Darius en son royal cercueil.
Moins nombreux que les flots de ses hordes sauvages,
Sont les flots qui des mers tourmentent les rivages,
Ou les sables légers, qu'en brûlants tourbillons,
Roulent dans les déserts d'orageux aquilons.
A défendre son sol la patrie alarmée,
Des fils, son noble orgueil, a convié l'armée :
« Chassez cet étranger dont l'espoir oublieux
« Charge d'insolents fers mes bras victorieux !
« Arrachez de mon sein cette race funeste,
« Fléau vomi deux fois par le courroux céleste !
« Brisez l'acier qui veut, jaloux de leur repos,
« Poursuivre vos aïeux dans la nuit des tombeaux !
« Eteignez en leurs mains la torche incendiaire,
« Qui brûlerait les chants de Pindare et d'Homère !
« De ces bronzes vivants, fils merveilleux des arts,
« Ne laissez point la Perse enrichir ses remparts !
« Que d'un pinceau savant les œuvres magnifiques
« De vos temples toujours décorent les portiques !
« Et que, du marbre éclos, des héros et des dieux
« Dans vos jardins toujours réjouissent vos yeux !
« Gardez les monts aimés du blond dieu de Patare,
« Les bois chers à Diane, et par un pied barbare
« Ne laissez point fouler les gazons, où Cypris
« Conduit les chœurs légers des Nymphes et des Ris !
« Défendez vos amours, nos gloires, ma parure ;
« Et sauveurs des beautés, espoir de leur luxure,

« Revenez, des lauriers cueillis sur leur cercueil,
« Couronner de mon front le maternel orgueil ! »
Et les Grecs ont juré que jamais de leur mère
Les douleurs n'expiront sa splendeur éphémère,
Tant que son dernier fils de son bras défaillant
N'aura pas senti fuir le glaive étincelant.
D'abord, il faut laisser de ses assauts stériles
Ce torrent d'ennemis battre les Thermopyles.
Contre leur nombre vain d'intrépides héros
Défendent ce passage, et des soldats nouveaux
Naissent du sol en foule et s'arment des épées
Qu'à l'ombre de ces rocs la Victoire a trempées.
Mais lequel doit, parmi vingt peuples glorieux,
Occuper de la mort ce poste audacieux,
Et, sublime gardien du seuil de la patrie,
Le disputer un jour aux efforts de l'Asie ?
« Sparte, s'écrie en chœur cet essaim de héros ;
« Ses travaux immortels ont vaincu nos travaux ;
« Sparte, sœur invincible, ardente sentinelle
« Qui couvre, aigle puissant, tous les Grecs de son aile,
« Sparte !.. » Et l'écho des monts va dire à l'Eurotas
La foi que la patrie a dans Léonidas.

De l'estime des Grecs cette homicide marque
Enfle d'un doux orgueil le valeureux monarque ;
Il sourit à la mort, fière hécatombe, fils
Heureux d'être immolé pour sauver son pays.
Il s'étonne pourtant de l'indulgent suffrage
Qui d'un si noble prix paie un faible courage,
Et frustre en sa faveur du plus beau des trépas
Tant de chefs avant lui fameux dans les combats.
A ses lauriers, mêlés de cyprès, il convie
Ceux qui s'indigneraient de la Grèce asservie,
Et de ce poste, où doit succomber leur valeur,
Tous, ardents à briguer le périlleux honneur,
Ont crié : « Liberté ! contre une attaque impie,
« Qui te refuserait son courage et sa vie ? »

Le héros modérant ce magnanime essor :
« Sparte, si tes enfants sont ton plus cher trésor,

« N'en laisse que trois cents, trompés par la victoire,
« Ceindre leurs pâles fronts des cyprès de ma gloire !
« Veux-tu de tout appui rester veuve, et ton deuil
« Du dernier de tes fils suivra-t-il le cercueil ? »

Ainsi Léonidas prie, ordonne, et leur rage
Ronge en grondant le frein qu'il jette à leur courage,
Et tous voudraient briller, envieux de leur sort,
Dans les rangs des élus qu'il admet à sa mort.
Eveillé par l'airain, tel un coursier superbe,
Des prés qui l'ont nourri, dédaigne, insulte l'herbe,
Hennit, bondit, s'élance, et, flairant les combats,
De ses naseaux fumants aspire le trépas.

Cependant les bras nus et le front ceint de roses,
Aux bords de l'Eurotas, d'un doux zéphir écloses,
Le bataillon sacré d'un tombeau glorieux
Se réjouit d'avance en de funèbres jeux.
Ils célèbrent vivants, sous les yeux de leurs pères,
De leur prochain trépas les pompes funéraires,
Et l'orgueil des parents exhorte à bien mourir
Ces fils, qu'à la patrie il s'applaudit d'offrir.
Dans de tendres adieux, leur fermeté sauvage
De ces jeunes héros n'éteint point le courage ;
Le paternel amour, étouffant ses douleurs,
A l'amour du pays a cédé dans leurs cœurs.
Sur la rive, que l'aube a de lys frais semée,
Ils cueillent de leurs fronts la couronne embaumée,
Et, faisant avec eux tonner les chants guerriers,
Leur jonchant le chemin de fleurs et de lauriers,
Jusqu'aux portes de Sparte, en triomphe ils conduisent
Ces enfants, qu'à mourir eux et Sparte autorisent.

Mais, faible et ses attraits voilés par la pâleur,
Vers ces lieux quelle femme a traîné sa langueur ?
Les pleurs mouillent ses yeux, et de ses tresses blondes
Un douloureux désordre a dérangé les ondes.
Un enfant lui sourit, d'un abandon prochain
Victime insoucieuse, hôte heureux de son sein.
« C'est la reine ! » a crié la foule... pour une heure

Epouse, amante encor , c'est la reine qui pleure
Les nuptiales fleurs, diadème si doux
Que déjà veut de Mars briser le fer jaloux.

   « Puisque la Mort te tente, avide Minotaure,
« Que la Mort, cher époux, ensemble nous dévore !
« A celle dont l'amour te fit présent d'un fils,
« D'un précoce veuvage épargne les ennuis !
« De l'orme, aux bras puissants, liane détachée,
« Sur quel appui traîner ma tige desséchée ?
« Dans les nuits, à ton ombre, à son sanglant linceuil,
« Comment accoutumer mes terreurs et mon deuil ?
« Mais quel dégoût fatal te ravit à la terre ?
« Le souris d'un enfant a-t-il lassé son père ?
« Aux molles Voluptés, dont les calices d'or
« Hier à leur nectar te conviaient encor,
« Préfères-tu Bellone, et le sang pour breuvage,
« Dans ses coupes de fer, rit-il seul à ta rage ?
« La Mort, squelette orné d'un cyprès odieux,
« Des myrthes de l'hymen te rend-elle oublieux ?
« Trouves-tu plus d'appas au lit glacé des tombes,
« Qu'au lit où de Vénus folâtrent les colombes ?
« Et si tu veux qu'un fils, de ton glaive héritier,
« Te fasse aux champs de Mars revivre tout entier,
« Qu'un jour, avec orgueil, mon amour le contemple,
« Que Sparte à ses héros le montre pour exemple,
« Et que sur un airain, un marbre solennel,
« Clio grave son nom près du nom paternel,
« De trois lustres d'exploits dépouillant ta mémoire,
« Dois-tu l'égarer seul au chemin de la Gloire ?
« Dois-tu, guerrier caché dans la nuit du tombeau,
« De tout son avenir me léguer le fardeau ?
« S'il ne s'enflamme point à ta voix, si son père
« Ne l'instruit à braver le trépas, une mère
« Offrira-t-elle au Dieu, bourreau de son époux,
« De son cœur après toi le trésor le plus doux ?
« Mars attend-il encor de moi cette hécatombe,
« Et l'aiglon pourra-t-il, ncurri par la colombe,
« Et lié par un tendre et timide conseil,
« De la Gloire affronter le dévorant soleil ? »

— « Idole après la Grèce à mon cœur la plus chère,
« Adieu ! de mon pays mon sang est tributaire ;
« Puisse mon fils, d'un père émule valeureux,
« Mêler à mes lauriers ses lauriers plus nombreux !
« Puisse un nouvel époux, orgueil de votre vie,
« Des palmes de sa gloire ombrager votre vie ! »
Et dans son noble cœur étouffant un soupir :
« Pour le salut de Sparte, amis, allons mourir ! »

ISMAYL ET MARYAM.

« Assez entre vos mains le fer vengeur sommeille !
« Assez votre courroux, que nul affront n'éveille,
« A laissé du désert les coursiers vagabonds,
« Jusqu'au pied de vos murs, oser d'insolents bonds !
« Ramenez, les purgeant de ces hordes sauvages,
« La Paix qui du Jourdain délaissait les rivages !
« Du Vol qui sur ce sable erre et de ses poignards
« Le poursuit, sauvez l'or, vers vos lointains remparts
« Téméraire émigrant ! rendez de cette terre
« L'accès facile à l'or, son pieux tributaire !
« Partez et, jusqu'au fond de leurs déserts brûlants,
« Que la pâle Épouvante emporte ces brigands !
« Périsse à votre aspect une peuplade infâme,
« Comme fondrait la cire à l'aspect de la flamme !
« Comme l'air chasserait de fumeux tourbillons,
« En poudre devant vous roulez leurs bataillons ! »

Dans les saints lieux, témoins d'une mort immortelle,
Ainsi du Sultan parle un ministre fidèle
Et de l'acier, que Mars a trempé dans Damas,
Les fils de Mahomet s'arment pour les combats.
La laine du Thibet d'une aigrette légère
Se pare et de leurs fronts ombrage la colère.
Sur le désert, au gré de son torride vent,

3

Flotte de leurs drapeaux le crin pâle et mouvant,
Et le coursier du frein, qui le retient encore,
S'irrite et bat le sol de sa corne sonore.

Leur vol a pris l'essor et de ses flancs poudreux
Le désert indigné bientôt vomit contre eux,
L'arme au poing, l'œil ardent, une tribu guerrière
Que l'errant Ismayl conduit sous sa bannière,
Ismayl de l'émir l'espoir, le fils chéri,
A qui d'un ris constant la Fortune a souri,
Idole, bouclier, glaive de l'Arabie,
Soleil qui veut de gloire inonder sa patrie.
Le héros qui se rit des flèches du Trépas,
Du feu de son courage enflamme ses soldats.
Fougueux fils du désert, qu'emporte sa vaillance,
Le premier du sang turc il a rougi sa lance.
Bientôt les fiers coursiers, aux sons guerriers du cor,
Des deux côtés ont pris leur homicide essor
Et, l'œil étincelant d'une barbare joie,
Comme un vautour, chaque homme a fondu sur sa proie.
La fureur bout égale aux cœurs des combattants
Et la lutte longtemps est douteuse; longtemps
L'ange de la Victoire, aux flamboyantes ailes,
Tend aux partis rivaux ses palmes immortelles,
Et, sur eux promenant son vol capricieux,
Semble ignorer duquel il comblera les vœux.
Mais enfin sa faveur, mobile comme l'onde,
A trahi du désert la tribu vagabonde,
Sur des sables de feu, rebelle à suivre encor
De ses coursiers ardents l'infatigable essor.
En vain, par des efforts désespérés, leur rage
De leur défaite au moins veut retarder l'outrage;
En vain, pour ramener l'ange sous leurs drapeaux,
Leur audace ose encor des prodiges nouveaux,
La valeur a cédé, par le nombre écrasée,
Et des fils d'Ismaël la tribu dispersée
Implorant le désert, ses gouffres contre ceux
Dont l'espoir la poursuit d'un joug injurieux,
Cherchant pour les projets que couve sa vengeance,
Des forêts lui prêtant leur ombre et leur silence,

Sur des coursiers amis , rivaux ailés des vents ,
Vole et du sable en feu rase les flots mouvants.
Le cheik , amant trahi, se plaint à la Victoire
Du caprice qui vole une palme à sa gloire ;
Par une lâche fuite il ne peut se flétrir ;
S'il ne peut vaincre , il doit le glaive en main mourir ;
Et seul, du cœur des siens quand l'épouvante est reine,
De cadavres vengeurs il jonche encor l'arène.
Au nombre il cède enfin , on l'entraîne et de sang
Son front souillé, tout pâle est encor menaçant.
Pauvre, d'un lent supplice il mourrait et sa tête,
Chère aux murs du sérail , irait parer leur faîte ;
Mais à d'habiles soins on le confie, et l'or
Seul à ces durs geôliers ravira leur trésor.

Celui qui d'Ismayl doit rallumer la vie,
Suivait les lois du Dieu, fils mortel de Marie.
Sa fille , après son lit sevré de doux appas,
Baume à son deuil amer laissé par le Trépas,
Des roses du bel âge , aimable enchanteresse,
Epandait les parfums sur sa triste vieillesse,
Comme d'un orme antique une liane en fleurs
Pare les rameaux nus de ses fraîches couleurs,
Ou comme du rosier , transfuge du Bengale,
Sur un jardin neigeux l'haleine encor s'exhale.
Toute à son saint amour et morte à d'autres feux,
D'hymen pour le vieillard elle avait fui les nœuds,
Fleur de ses derniers jours, miel de sa coupe amère
Victime, chaque jour, s'immolant pour un père,
Ensemble ils visitaient les prés verts de Nachor
Ou cherchaient les figuiers , couronne du Thabor.
Pour le toit paternel, de leurs roses sauvages
La vierge du Jourdain dépouillait les rivages,
Et sous ses doigts la lyre, aux terrestres douleurs
Divin baume, essayait des chants consolateurs
Contre l'ennui , les soins, noire troupe accroupie
Au seuil de l'homme entré dans l'hiver de la vie.
Le ciel , pour Maryam prodigue de trésors,
De l'âme la plus belle anima son beau corps ;
De toutes les vertus son cœur était l'asile,

Son cœur que la Pitié blesse d'un trait facile,
Son cœur plus pur encor que l'azur d'un beau ciel,
Un des pleurs de l'aurore, un rayon d'un doux miel,
Un lys, orgueil des prés, un lac, miroir limpide
Réfléchissant des nuits le cortége splendide.
A l'enfant du désert son aimable pitié
Prodigue tous les soins d'une tendre amitié.
De l'arabe expirant c'est l'ange tutélaire ;
Au berceau de son fils, moins tremblante une mère
Voit, sur un pied posée, une lampe à la main,
Le flambeau de ses jours vaciller incertain,
Sur la lèvre livide alors que son délire
Avidement épie un consolant sourire.

Ismayl, quand sa force a vaincu le trépas,
Devant ce doux objet, paré de tant d'appas,
Immobile, en extase et palpitant d'ivresse,
A cru voir des houris la reine enchanteresse,
Qui voulant à la mort disputer ses destins,
A ravi le dictame aux célestes jardins ;
Et, loin de son pays, sa seule providence,
Vient ranimer son cœur d'un rayon d'espérance.
Bientôt le jeune arabe, en ces regards charmants,
D'un amour indomptable a puisé les tourments ;
Ces grâces, ces attraits décorant son jeune âge,
Ces lys, dont la Candeur a semé son visage,
Lui laissent de la vierge un tendre souvenir
Et d'une autre blessure il ne pourra guérir.
De peur que de ses feux la trop vive peinture
Des péris d'ici-bas n'offensât la plus pure,
Et, loin de lui chassant son effroi virginal,
Ne le sevrât des yeux, baume unique à son mal,
Tant qu'a veillé sur lui la beauté qui l'enflamme,
L'aveu de son amour a dormi dans son âme ;
De ce front s'inondant d'une chaste rougeur
La crainte a refoulé son secret dans son cœur.
Mais libre de la couche où la douce Espérance
A, sous des traits mortels, consolé sa souffrance :
« Vierge, aux yeux de gazelle, étoile de beauté,
« Tu calmes de mon cœur la vague anxiété ;

« J'aime, et, si tu ne veux guérir d'autres tortures,
« Pourquoi les soins cruels pansaient-ils mes blessures ?
« En toi j'ai rencontré, j'ai vu l'être idéal
« Que j'attendis en vain sous le palmier natal,
« Qu'entendait mon espoir dans les soupirs de l'onde,
« Que cherchait sur les monts ma course vagabonde,
« Que mon brûlant délire embrassait dans les vents,
« Que mes cris demandaient aux vallons, aux torrents,
« Fantôme aérien, idole imaginaire,
« Après qui soupirait mon âme solitaire.
« Mais si de tes dédains je ne suis point vainqueur,
« J'eusse aimé mieux garder les ennuis de mon cœur ;
« Mon amour a d'amour besoin d'être suivie ;
« Car dans l'objet qu'on aime on veut trouver la vie. »

A ces tendres aveux, nouveaux pour sa candeur,
Pleine d'un vague effroi, la vierge du Seigneur
Abaisse sur ses yeux ses paupières mi-closes ;
Du matin sur son front naissent toutes les roses,
Et sous leur voile d'or, chaste présent des cieux,
Palpitent de son sein les lys mystérieux.
Des profanes Amours la langue est inconnue
A la virginité de cette âme ingénue,
Que toujours sous son aile, avec un soin jaloux,
Garda de la Pudeur l'ange timide et doux.
Enfin et d'une voix dont la douceur égale
Les suaves accords, qu'un luth plaintif exhale :
« A Jésus j'obéis, et ce maître divin
« De sa fille avec vous ne permet pas l'hymen.
« Mais n'en murmurez point ! Votre perte est légère ;
« Mieux vaudrait regretter une ombre passagère,
« La feuille, dans les airs vain jouet du zéphir,
« Que ces traits dont la fleur est si prompte à mourir,
« Et dont, parmi ses flots, le torrent des années
« Demain aura roulé les dépouilles fanées,
« Comme un ruisseau jaloux, loin des gazons flétris,
« De la rose effeuillée emporte les débris.
« Oubliez de ce front l'éclat qui fuira vite ;
« Ou de sa vaine ardeur si votre cœur s'irrite,
« Retournez demander aux vierges du désert

« Un bonheur qui par moi ne peut vous être offert.
—« Ne plus te voir, des fleurs ô reine printanière !
« Ah ! plutôt du soleil ne plus voir la lumière !
« Renoncer à t'aimer ! Ah ! plutôt de mon cœur
« Le souffle de la Mort éteindre la chaleur ! »
— « Et moi, le grand flambeau dont le monde s'éclaire,
« Dépouillé de splendeur, s'éteindra pour la terre,
« Avant que dans ce cœur, vierge encor de sa dent,
« Des coupables amours j'accueille le serpent ;
« Avant que dans les cieux je rapporte à Marie
« Ma robe d'innocence et souillée et flétrie ;
« Et que le Péché brise, impur fils de l'enfer,
« Le virginal bandeau dont mon front est si fier !
« Etouffez une ardeur insensée ! en votre âme,
« De quel stérile espoir se nourrirait sa flamme ?
« Pensez-vous qu'à mon père, aux autels de mon Dieu,
« Ma sacrilége audace ose un infâme adieu ;
« Que pour avoir les yeux souillés de vos mystères,
« Je traverse avec vous vos sables solitaires ;
« Que, de baisers impurs, qui des anges, des saints,
« Couvriraient de rougeur les pudibonds essaims,
« Mon front souffre l'outrage et que, dans ma démence,
« Des lys, son divin prix, frustrant mon innocence,
« Je veuille, en vos déserts criminelle un moment,
« Brûler, d'un feu vengeur éternel aliment ? »

Et tandis que parlait la vierge de Solime,
Ses regards flamboyaient, pleins d'un courroux sublime ;
Et Dieu semblait lui-même, inspirant ses discours,
La sauver du démon des impures amours.

Cependant Ismayl, incliné vers la terre,
Se plaignait tendrement d'irriter sa colère ;
Et de ce dieu jaloux, obstacle à son bonheur,
Son fougueux désespoir accusait la rigueur.
« Celle qui m'a guéri, charmé par sa présence,
« Me veut donc au désert mourant de son absence !
« Si tu laisses dans l'or, veuf de tes verts festons,
« Les Dégoûts, les Chagrins me verser leurs poisons,
« Pourquoi repoussais-tu le propice génie,

« Par qui j'eusse été libre et d'eux et de la vie?
« De quel rêve amoureux sans toi bercer mes nuits ?
« Sans toi comment des jours porter les longs ennuis,
« Sans toi, douce à mon cœur, comme aux tendres mystères
« La forêt, leur prêtant ses abris solitaires,
« Le torrent à la soif, la fraîche aube et ses pleurs
« Au lys, qu'ont du soleil fatigué les ardeurs ?
« La Gloire, ma péri, mon idole, ma vie,
« A ses palmes encor vainement me convie,
« Par d'autres en mon cœur ses charmes sont vaincus
« Et ses lacs de lauriers ne me retiennent plus.
« La Gloire, si longtemps maîtresse de mon âme,
« Ne la ravira plus sur ses ailes de flamme
« Et, d'un faible aiguillon tourmentant son sommeil,
« De mon audace en vain attendra le réveil.
« D'elle, malgré ses pleurs, ta froideur me sépare ;
« Seul le laurier m'est doux, dont ton orgueil se pare.
« Que me font les combats, leurs palmes, si pour moi
« Ton cœur, à leur récit, ne bat d'un doux émoi? »

Et beau de l'auréole illuminant sa tête,
Ismayl ose à Dieu disputer sa conquête.
Quelle vierge d'Amour repousserait les dards,
Qu'un héros jeune, ardent, convie à ses hasards?
Ces yeux dont la douleur n'a pu dompter la flamme,
Etincelant miroir qui réfléchit son âme,
Ce front, siége d'audace et de timidité,
Dont une amante seule a courbé la fierté,
Ses dangers, les lauriers cueillis par son courage,
Tout livre au doux Amour la vierge moins sauvage
Et son cœur étonné, que brûle un nouveau feu,
Commence à balancer entre Ismayl et Dieu.

Mais d'où gronde soudain cet horrible tonnerre?
C'est l'effroyable cri du démon de la Guerre,
Qui d'une torche armé, roulant des yeux ardents,
Excite les partis de son fouet de serpents.
De voraces corbeaux une noire phalange
Suit le génie ailé, de carnage et de fange
Sans cesse dégouttant, et se rue au festin

De cadavres impurs qu'il promet à sa faim.
L'épouse avec horreur voit le monstre farouche
Chasser, aux sons du cor, son époux de sa couche,
Et la vierge, pour qui l'hymen tressait des fleurs,
Veuve de ses amours, a versé de longs pleurs.
Des chrétiens et des turcs ressuscitant la haine,
Dans Solime rugit la Discorde inhumaine,
Et les chrétiens vaincus ont vu des musulmans
Le fer vengeur courir sur leurs fronts pâlissants.

« Pour nos dattiers en fleurs, pour leur tranquille ombrage,
« Fuis ce repaire, doux au démon du carnage !
« Fuis un ciel orageux pour un ciel plus serein !
« Sauve d'impurs baisers les lys purs de ton sein !
« Frêle arbrisseau, qu'ici briserait la tempête,
« Sous des soleils meilleurs viens relever ta tête !
« Mystérieuse fleur, viens, en nos bois secrets,
« De ton pudique éclat te couronner en paix !
« Des enfants d'Ismaël la tente hospitalière
« Séduira de ton cœur la candeur printanière ;
« De nos vierges, qui vont admirer ta douceur,
« Tu seras et la gloire et l'idole et la sœur. »
Et dans ses bras nerveux la pressant, il l'entraîne
Pâle, émue, à travers la solitaire arène,
Et son coursier, qu'en vain presse un double fardeau,
Vole émule des vents et vainqueur de l'oiseau.

La vierge fuit, des yeux cherchant encor Solime ;
Mais du cèdre, autrefois cher à ses jeux, la cime
Dans l'horizon lointain s'abîme et le désert
Rugit, la saluant d'un sauvage concert.
« Ciel ! où m'as-tu conduite et que va dire un père ?
« Ma fille, criera-t-il en son deuil solitaire,
« Ma fille, tu me fuis ! Au tombeau des aïeux
« Je hâterai mes pas, sevré de tes adieux !
« L'appui qu'à mes vieux jours Dieu laissa, m'abandonne,
« Et mes cheveux blanchis ont perdu leur couronne.
« Tu me fais des ennuis la proie, et ton dédain
« Rit des pleurs paternels sous un palmier lointain.
« Enfant, que t'ai-je fait ? Ah ! lorsque ma tendresse

« D'un si fidèle appui protégea ta faiblesse,
« Quand d'une fille aimante, en ses rêves menteurs,
« Mon espoir admirait les soins consolateurs,
« La voyait sur ma barbe, en sa grâce folâtre,
« Promenant de sa main le caressant albâtre,
« Au gardien qui de soins entoura son berceau,
« Allégeant des vieux ans le douloureux fardeau,
« Liane lente à fuir une branche flétrie,
« Lys versant ses parfums sur l'hiver de ma vie,
« Pour la première fois, ma fille à mon réveil
« Manque, et mes yeux sans elle ont revu le soleil !
« Pour des Dieux étrangers, une rive étrangère,
« L'ingrate a fui son Dieu, sa patrie et son père !
« Ainsi gémit son deuil, et ce fatal départ
« Fera naître la mort dans le cœur du vieillard.
« Déjà durant les nuits, me glaçant d'épouvante,
« Grandit devant mes yeux son ombre frémissante,
« Et, le front détourné, me menaçant des bras,
« Vois, il maudit sa fille, auteur de son trépas !
« Grâce, grâce, ô mon père, à ta fille expirante !
« Épargne, ô Dieu clément, ta coupable servante !
« Mais quelle horreur m'entoure, et qu'est-ce que je voi ?
« Dieux ! l'enfer dévorant s'entrouvre devant moi !
« Je me sens entraîner vers cet abîme horrible !
« Du Dieu, que j'ai trahi, j'entends la voix terrible :
« Toi, que maudit ton père et que maudit ton Dieu,
« Tombe et roule éternelle en ces gouffres de feu ! »

Ismayl, d'une amante, objet doux de sa crainte,
En vain veut ranimer la raison presque éteinte ;
Pour verser en son cœur, si plein d'un trouble amer,
Quelque heureux baume, en vain les vierges du désert
Veulent faire à leur sœur, sur ces plages nouvelles,
Voir Hymen lui tressant ses roses les plus belles,
Et les Jeux, les Amours, sous les palmiers en fleur,
Endormant ses remords et charmant sa douleur ;
D'épouvante toujours pâle, elle fuit son père,
Son Dieu la poursuivant du fouet de sa colère.
Son désespoir aveugle, impie en ses transports,
De la bonté céleste a tari les trésors,

Et ne se souvient plus que le Dieu de clémence
Aux Vertus, sœur aimable, ajouta l'Espérance,
L'Espérance qui montre au Désespoir sanglant,
Comme à l'enfant malade, un hochet consolant,
Du pauvre seule amie à son heure dernière,
Seule garde fidèle au grabat solitaire,
Qui, comme un fils blessé de la faux du Trépas,
Mère aux soins inquiets, berce l'homme en ses bras,
A sa lèvre insensée, innocente ou coupable,
Présente de son sein la coupe intarissable,
Par de magiques chants charme, endort sa douleur
Et fascine ses yeux du prisme du bonheur.
Mais de trop noirs poisons Maryam infectée
Ne mouille plus sa lèvre à la coupe enchantée :
Ver cruel, par degrés le Remords dévorant
Des roses de son teint ronge l'éclat mourant,
Eteint son vif regard, de ses lèvres muettes
Transforme le corail en pâles violettes,
Mêle un argent précoce à l'or de ses cheveux
Et fane de son sein les lys voluptueux.
La langueur la consume et la vierge si belle
S'incline comme un lys, fils de l'aube nouvelle,
Couronné de splendeur, de grâce et qui soudain
Pâlit du ver secret, acharné sur son sein.
Pour son âme ulcérée il n'est plus de remède ;
Enfin elle succombe au chagrin qui l'obsède,
Pour revoir son amant, tente un dernier effort
Et tombe, aimable fleur, sous la faux de la Mort.

L'arabe pousse un cri sinistre, épouvantable ;
Il plonge dans son sein son ongle, sur le sable
Se roule, et de son deuil le transport furieux
Accuse et son pays et lui-même et les dieux.
Sa lèvre encor, cherchant sa lèvre pâlissante,
Erre sur ces appas, d'où la vie est absente
Et dans un fol amour, de baisers, de sanglots
On dirait qu'il inonde un marbre de Paros.
Au cheik enfin ses sœurs arrachent, désolées,
La vierge qui passa, comme un lys des vallées,
Et déposent, au pied de deux palmiers en fleur,
Ce beau corps, où la mort a versé sa pâleur.

Ismayl, immobile et les yeux vers la terre,
Voit entrer la beauté dans sa couche dernière
Et sous le sable, avant qu'amour les ait cueillis,
De son sein lentement disparaître les lys,
Lys qu'en tout leur éclat, sur la plage lointaine,
Dessécha de la mort la dévorante haleine
Et qu'attendit en vain, sur un jonc amoureux,
De l'Hymen abusé l'espoir voluptueux.
« Dieux! l'arène a mugi comme une mer immense!
« L'arène en tourbillons monte, roule et s'élance!
« Noble cheik, sauvez-vous ou ce sable mouvant,
« Dans ses gouffres de feu, vous engloutit vivant. »
Et tous ont fui la mort que, sur son aile ardente,
Apporte le sanum à leur pâle épouvante.

Insensible au péril, insensible à leurs cris,
« Fuyez! je veillerai sur ces sacrés débris
« Et rien ne les pourra soustraire à mon étreinte;
« Car l'amour en mon âme est plus fort que la crainte.
« Fuyez! je périrai, gardien religieux
« De ce trésor, le seul que m'aient laissé les cieux!
« Orage du désert, joins l'amant à l'amante! »
Et l'ayant ressaisie en sa tombe mouvante,
Il se colle à sa lèvre et, d'un bras insensé,
Sur son cœur presse un cœur que la mort a glacé.
Mais bientôt le sanum, de sa torride haleine,
Le touche et son front fuit sous l'homicide arène.
Il s'abîme vivant dans un sépulcre affreux.....
Et voilà réuni le couple malheureux!

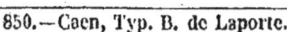

850.—Caen, Typ. B. de Laporte.

OUVRAGES DE M. ESPÉRANCE PICARD.

Les Églogues de Virgile, traduites en vers français, br. in-8°.   1 f.

Petits Poëmes, brochure in-8°. 1

Petits Poëmes et Odes, brochure in-8°. 1

Caen, typ. B. de Laporte et C°.

www.ingramcontent.com/pod-product-compliance
Lightning Source LLC
Chambersburg PA
CBHW060846180626
46818CB00004B/1606